Marina Peters

Eine heiße Steampunk Kreuzfahrt

Eine heiße STEAMPUNK Kreuzfahrt

Marina Peters

marinapetersbooks.com

Impressum

Bibliografische Information der Deutschen Nationalbibliothek:
Die Deutsche Nationalbibliothek verzeichnet diese Publikation
in der Deutschen Nationalbibliografie; detaillierte
bibliografische Daten sind im Internet über http://dnb.dnb.de
abrufbar.

© 2020 Marina Peters
Herstellung und Verlag: BoD – Books on Demand, Norderstedt
ISBN: 978-3-7526-4006-9

INHALTSVERZEICHNIS

KAPITEL EINS 3

KAPITEL ZWEI 21

KAPITEL DREI 31

KAPITEL VIER 43

KAPITEL FÜNF 60

KAPITEL SECHS 72

KAPITEL SIEBEN 79

Über Marina Peters 83

Marina Peters online 85

Weitere Bücher von Marina Peters 87

Eine letzte Sache ... 91

KAPITEL EINS

"Nein, ich – ja, ja, ich habe die Dokumente," sage ich und schaue dabei in die Mappe, die ich momentan auch brauche um mir Luft zuzufächeln.

Ich liebe Brasilien, aber Santos ist extrem heiß an diesem Morgen.

"Natürlich – nein, nicht wirklich. Ich stehe momentan in der Schlange zum Einschiffen und Ah! Ja! Ich habe mit Marie gesprochen, um das Meeting zu verschieben – ja genau." Ich spreche und er lacht, er verlangt und ich liefere.

Mr. Johnson hat nichts, worüber er sich bei mir beschweren müsst. Wir haben eine gute Beziehung, weil ich pünktlich und diskret in meiner Arbeit bin und diese immer exzellent ausführe. Dieses Mal wird es nicht anders sein, nun ja, ich hoffe ... wenn ich nicht vorher an der Hitze sterbe.

Ich bin schon die zweite Wirtschaftsprüferin, die auf dieser Kreuzfahrtlinie arbeitet. Es scheint, jemand hat etwas übersehen, da der alte

Johnson entschieden hat, mich hier einzusetzen; mich, seine liebliche Geheimwaffe. Ich weiß, dass hier irgendetwas schief gegangen ist. Die Person, die dafür verantwortlich ist, war in der Vergangenheit sehr vorsichtig, so dass der Vorprüfer es nicht herausgefunden hat. Nun ja, ich bin nicht der andere Prüfer.

Sobald der Anruf beendet ist, tippe ich mit der Sohle meines perfekten weißen Schuhs auf den Asphalt, während ich endlos unter der Sonne dieses schönen tropischen Landes warte. Brasilien, gesegnet von Gott und schön von Natur aus; das ist zumindest, was das bekannte Lied besagt. Ich verlagere mein Gewicht von Bein zu Bein und lege abwechselnd die Mappe voller Dokumente auf meinen Kopf und benutze sie wie einen Sombrero oder ich fächle mir Luft zu. Beide Aufgaben führen zu demselben heißen Stress. Tolle Idee, die letzte in der Reihe zu sein, die Zeit hat, um alle zu beobachten, die an Bord gehen und eine mentale Karte der Besatzung und der Passagiere zu zeichnen. Eine schlechte Idee, diese Personen unter der heißen Sonne zu beobachten.

Ich habe keine Angst, wenn jemand hinter mir steht bleibt und der neue Letzte in der Reihe wird.

Ich drehte mich vorher nicht um, um zu schauen, aber als die tiefe, samtige Stimme in mein Trommelfell eindringt und einen verführerischen "Bom dia" wünscht, bewege ich meinen Hals leicht nach links, schaue aus dem Augenwinkel und inspiziere einen großen Mann.

Mein Portugiesisch ist nicht sehr gut, und natürlich hat mich seine Größe, kombiniert mit dem sanften Klang seiner Stimme und dem frischen Geruch, der von seinem Körper ausgeht, selbst unter dieser Hitze, leicht abgelenkt. Natürlich stimme ich für Bildung und erwidere die Worte mit einem positiven Nicken und einem knappen Lächeln.

Ich bin mir ziemlich sicher, dass er mir einen guten Tag wünschte, aber wenn er sagte, er würde mich mitten in der Nacht auf offener See vom Schiff werfen, hätte ich dem auch zugestimmt und würde es nie erfahren.

"*Está calor, não?*" Er spricht wieder und ich drehe mich komplett um.

Groß, kurze Haare und mandelförmige Augen, betont durch sonnengebräunte Wangen; er trägt Shorts mit einem passenden engen beigen Hemd, ein Ton der sich köstlich von der Schokoladenfarbe seiner Haut abhebt. Die Figur, die mich mit einem sanften Lächeln ansieht, ist der lebendige Beweis dafür, dass Gott existiert und – anscheinend – Südamerikaner ist.

Mein Mund wird sofort trocken.

"*Oh, uh... Eu não entendo muito sua língua*" Ich stottere nicht viel, aber mein Akzent ist nicht natürlich. Ich versuche zu sagen, dass ich seine Sprache nicht verstehe. Er lacht und sein Adamsapfel hüpft auf und ab, der sicherlich auf meinen Wangen brennen würde. Das Lachen ist leicht, angenehm und ohne den geringsten negativen Unterton.

"Ich sehe, tut mir leid; ich sagte, dass es heute heiss sei". Er macht sich doch verständlich und spricht Englisch mit mir. Ich nicke und zucke mit den Schultern, so dass er versteht, dass dies kein Problem ist. „Ich bin Pedro.“

"Freut mich, Pedro"; ich schüttle seine Hand. "So, ein großer Steampunk Fan?", frage ich.

Solch ein Mann scheint mir überhaupt nicht die Gnade in primitiven Dampf-getriebenen Technologien zu suchen.

Er schaut zum Schiff und ich mache unwillkürlich dasselbe. Die lange und imposante Karkasse, schwarz gestrichen mit Details in Holz, weißem Segeltuch und viel Kupfer erinnert mich beinahe an ein Luftschiff, eine Art Astronef und es ist schön. Das verstärkte Deck beherbergt einen Pool, gross genug, dass ich ihn definitiv geniessen werde, wenn ich nicht am Arbeiten bin.

Ich weiß nicht viel über die Innendekoration; ich kann mich nicht erinnern, was ich in den Unterlagen gesehen habe, die ich vor der Kreuzfahrt erhalten habe. Aber ich sehe diese Kreuzfahrt als eine weitere thematische Erfahrung, die ich machen werde. Die Kreuzfahrt ist als Steampunk-themed Cruise ausgeschrieben.

Obwohl die ganze Konstellation zu lustig zu sein scheint, um meine Aufmerksamkeit nicht zu erregen, macht mich die Tatsache, dass die Thematik aus einer anderen Zeit zu stammen scheint, mehr als neugierig und finde alles über die bevorstehende Erfahrung malerisch reizend.

Pedro beginnt ein Gespräch, und in wenigen Minuten kenne ich bereits seine Beziehung zum Thema: Er ist Journalist und Fotograf, er arbeitet für ein Online-Magazin und kümmert sich besonders um den Abschnitt "Reisetipps", in dem er Reisebeschreibungen verfasst. Diese Kreuzfahrt nehmen sie als Beispiel von interessanten Zielen, die für die meisten Menschen nicht in Reichweite liegen. Er sagt, er mag es zu reisen, und das ist der Lieblingsteil an seinem Job. Ich habe es geschafft, mich mit einigen seiner eigenen Erfahrungen zu identifizieren und obwohl ich niemandes Dichter bin, habe ich angegeben, dass ich auch viel beruflich unterwegs bin und exotische Urlaubsziele liebe. Er erzählt mir mehr über sein Leben; dass er aus einer Touristenstadt am Meer im Nordosten Brasiliens stammt. In diesem Teil höre ich nur halb zu und versuche mich zu erinnern, wann ich das letzte Mal einige der Dinge erlebt habe, die er erwähnt hat. Ich denke ein wenig über mein Herkunftsland und meine Heimatstadt nach. New York. Es ist ein bisschen chaotisch, ohne Hängematten, frisches, kaltes Kokoswasser oder Zuckerrohrsaft nach einem

Lauf am Strand, aber es ist das, was ich Zuhause nenne.

Ich denke daran, Urlaub zu nehmen, sobald dieser Job hier vorbei ist.

"So, was machst du?", fragt Pedro und reißt mich aus meinen Tagträumen.

"Ich bin Wirtschaftsprüferin, eine Audit Managerin, aber mein Traum wäre, als Bedienung im Hooters zu arbeiten," witzle ich. Seine Augen, die vorher sehr respektvoll schauten, blinzeln nun den Umrissen meiner Spaghettiträger entlang nach unten, bewundernd sehend, was von meinen Brüsten exponiert ist, trotzdem mein Shirt das meiste bedeckt. Es ist allerdings eng geschnitten und betont die Silhouette meiner Frontlinie.

"Wenn du mir erlaubst das zu sagen, ich denke du hättest gute Chancen." Wenn das jemand anders gesagt hätte, wäre ich alarmiert gewesen, aber er hatte mich schon mit seinem Lächeln gewonnen und so akzeptiere ich das. Abgesehen davon gibt es mir mit meinen neununddreißig Jahren ein gutes Gefühl, wenn ich immer noch die Aufmerksamkeit von

Männern erreiche. Nicht, dass ich alt, haarig und ranzig wäre.

Ich bin nicht so gross, was Pedro einen riesigen Vorteil mir gegenüber gibt, und jetzt sehe ich, wie unsere Kulturen uns so unterschiedlich geschaffen haben. Ich habe langes blondes Haar und meine Augen lassen mich aussehen, als ob ich Schwedin wäre, ganz im Gegensatz zu seiner schwarzen Haut und den zwei Seen von Honig, die seine Augen sind.

Die Warteschlange geht vorwärts und wir gehen unterschiedliche Wege. Ich war glücklich und überrascht, dass wir durch die ganze Warteschlange hindurch miteinander gesprochen haben und am Ende das Versprechen eines gemeinsamen Lunches oder Abendessens steht.

Nach der ganzen Bürokratie des Eincheckens im Schiff, des Formularausfüllens, des Registrierens und des Anhörens aller Instruktionen, die ich schon viele Male gehört habe, gehe ich um meine Kabine zu finden. Ich mache dabei einen gemütlichen Spaziergang durch die Gemeinschaftsräume des Schiffes um die Dekoration des Schiffes zu bewundern.

Alles ist sehr detailliert, das perfekt geformte Holz der Möbel, und die Stücke aus Kupfer, Leder und Marmor lassen alles perfekt organisiert aussehen, als ob das Schiff direkt aus einer anderen Raumzeit stamme, und plötzlich fühle ich mich wie in einem Cherie Priest Buch oder als ob ich im Nautilus selbst unterwegs wäre. Es scheint, dass die Dinge aus einer Hightech-Welt kamen. Ich mache eine Kreuzfahrt auf der Kreuzfahrt, Wortspiel beabsichtigt, und erkunde den Deckbereich mit seinem majestätischen Swimmingpool und Tausenden von Sonnenliegen, Poolbar und Erholungsbereichen. Ich sehe verschiedene Arten von dampfbetriebenen, fast viktorianischen Maschinen. Becca-Pfeifen und Uhrwerke, die Ihre durchschnittliche Alltagselektronik ersetzen und jeden Aspekt des Ortes überfluten, lassen sogar mein normales Tanktop und meine maßgeschneiderte Hose fehl am Platz erscheinen.

Das ganze Schiff wurde in einen frühindustriellen Spirit getaucht und obwohl ich zweifle, dass diese Geräte wirklich funktionieren oder einen Zweck haben, sieht alles sehr romantisch und voller Emotion aus; es ist schwierig nicht aufgeregt zu sein.

Kein Wunder ist diese Kreuzfahrt die teuerste dieser Gesellschaft.

Endlich finde ich meinen Weg in mein Zimmer und gehe müde den Flur entlang, da ich nach meinem Flug kaum geschlafen habe. Wenn ich mich umdrehe, um meine Zimmerkarte durchzuziehen und den komfortablen Raum zu betreten, sehe ich, dass er groß genug für zwei Personen ist und viel Platz für meine Sachen bietet. Die dekorativen Details in den öffentlichen Bereichen verstärken sich in den Innenräumen der Kabinen und lassen mich glauben, dass ich aufgrund der enormen Menge an Rohren und Ventilen enorme Schwierigkeiten haben werde, mit einfachen sanitären Anlagen. Zum Glück schaffe ich es doch, ruhig zu duschen. Nachdem ich mich eingelebt habe, werde ich den Kapitän, den General Manager und jeden anderen treffen, der für den Betrieb des Schiffes verantwortlich ist. Je früher sie mich treffen und ich mit der Arbeit loslegen kann, desto besser.

Die Kommandobrücke ist wie jede andere, gefüllt mit Knöpfen, Bildschirmen und Schiffssteuerrädern und meinen Lieblingsteilen, Männern in Uniform. Hier sieht man nichts vom Steampunk Thema des Rests des großartigen

Schiffes. Der Kapitän ist der erste, der sich umdreht, als die höfliche Person, die mich zur Kommandobrücke brachte, mich ankündigt.

Ich habe mich entschieden, kein Kostüm anzuziehen, denn so viel Spaß es macht, in Stimmung zu kommen, dachte ich, dass es für diese Einführung am besten geeignet wäre, meine normale Kleidung anzuziehen.

Mit einem freundlichen Lächeln nimmt er seine Mütze ab und legt sie unter seinen linken Arm. Er stellt sich als "Captain Charles Roberts, zu Ihren Diensten" vor. Er ist groß, sein blauer Anzug hebt seine grünen Augen ebenso hervor wie seine festen Gesichtszüge Er sieht reif, freundlich und noch jünger aus, als ich weiß, dass er es wirklich ist. In der Mitte ist sein glattes Haar gescheitelt. Beide Seiten fallen wie Salz- und Pfefferknalle.

Ich schüttle ihm mit der gleichen Intensität die Hand. "Audit Managerin Monica Jackson, es ist schön, Sie kennenzulernen". Er lächelt erneut und beginnt ein kurzes Gespräch über die Bedeutung meiner Arbeit auf dem Schiff. Ich bin dafür zuständig, zu prüfen, dass vom Verwaltungsrat genehmigte Reglemente und Richtlinien auf den Schiffen umgesetzt werden, um die Sicherheitsaspekte zu verstärken und das Betrugsrisiko in der Organisation zu verringern.

Dann dreht sich ein Mann um, um mir endlich die Gnade seiner Aufmerksamkeit zu geben. Kurzes, fettiges Haar, eine zerknitterte Uniform und ein dünner Schnurrbart, eine teure goldene Uhr und italienische Schuhe. Sein Gesicht ist gegerbt und erinnert mich an eine Figur aus einem Thriller aus den siebziger Jahren oder auch nur an eine hässliche, dumme und unfreundliche Version von Danny De Vito in "Matilda".

„Miss Jackson", beginnt er mit einem gezwungenen Lächeln im Gesicht und es ist nichts anderes als seltsam für mich. „Ich bin General Manager Mike Bryan", er zieht die Augenbrauen hoch und ich runzle die Stirn. Komm schon ... wer nimmt einen Typen namens Mike Bryan ernst? "Meine Hauptaufgabe besteht darin, alle Aspekte des Hotel- und Passagierservice zu leiten." Er erklärt seine Aufgaben kurz und es ist mehr als genug, da ich beschließe, nicht mehr als nötig mit ihm zu tun zu haben, es sei denn, es ist für meine Arbeit hier unabdingbar. Seine Pläne scheinen sich jedoch zu unterscheiden, und er hält meine Hand nach dem Händedruck etwas länger als nötig, noch weiter sprechend: "Sind Sie nicht zu jung, um eine Prüfungsleiterin zu sein? Und auch noch so hübsch? Sie sollten als Model arbeiten und sich nicht mit all diesem Papierkram befassen!"

Oh, großartig ... dieser Kommentar lässt bei mir einige rote Ampeln aufleuchten, obwohl ich von der Kühnheit in seinen Worten überrascht bin. Was sie bedeuten, macht mich schockiert, ganz zu schweigen von der Wut.

„Nun, ich wollte mich nur vorstellen, damit Sie wissen, dass ich diejenige bin, die Sie auf dieser Kreuzfahrt prüft. Nun, ich will Sie nicht weiter stören, diese Bronzezahnräder drehen sich nicht von selbst." Ich habe somit nochmals meine berufliche Position auf dem Schiff klargestellt, schüttle erneut die Hand des Kapitäns, überspringe aber den General Manager.

"Ihr Sinn für Humor ist unglaublich genau!" Sagt Mike mit einem ausgelassenen Lachen. "Ich mag lustige Leute."

Dann fick einen Komiker, Alter ... Jesus Christus.

Captain Charles schickt mir einen entschuldigenden Blick, nachdem er seine Augen so fest gerollt hat wie ich es selbst gerade getan habe. Ich verlasse den Ort ohne ein Wort.

Ich gehe zurück in meine Kabine, um die Finanzinformationen des Unternehmens zu untersuchen und jede Vision auszurotten, die mein Gehirn von dem unbequemen Stellvertreter des Kapitäns aufgezeichnet hat. Ich sitze auf meinem Bett und bestelle den Zimmerservice, öffne meine 'Analyse-Engine' und bin bereit, alles zu untersuchen und zu optimieren. Ich habe Zugang zu allem. Ziel ist es, herauszufinden, ob auf diesem Schiff irgendwo Betrug begangen wird und auch ansonsten alles korrekt abläuft. Die Reederei hat aufgrund der globalen Überwachung der Kosten aller Schiffe Hinweise, dass auf diesem Schiff etwas nicht stimmt.

Während des Mittagessens auf meiner Kabine gab es keine speziellen Ereignisse. Abgesehen von einigen Zahlen, die keinen Sinn machten, gab es nur Bücher und Piccata mit Zitronenhühnchen, und nach etwas mehr Arbeit kam ich zu einer dringend benötigten Pause und legte mich kurz hin. Ich erwachte zum Sonnenuntergang, der meine Kabine in Orange tauchte, da ich die Tür zu meinem kleinen Balkon offengelassen hatte. Mit einer anderen Stimmung - einer viel besseren, wohlgemerkt - entscheide ich mich, an meinem Kostüm zum Abendessen zu arbeiten, da ich bereits gesehen habe, dass die meisten Passagiere ihre normale Kleidung geändert haben, um dem Thema zu entsprechen. Seitdem wir das Schiff betreten haben, sind die wahren Enthusiasten schon von weitem zu erkennen.

Und so verbringe ich die ersten fünf Tage der Kreuzfahrt damit, überall zu arbeiten, das Personal zu interviewen und mich mit dem Kapitän und seiner Besatzung zu treffen, um die Lücken in den Unterlagen zu verstehen, die sich trotz guter Organisation und Vollständigkeit zeigen. Ein Mangel an Informationen an einigen Stellen oder einige Aspekte stimmen einfach nicht überein. Ich vermisse Leute, die ich interviewen sollte, darunter einen der Köche und den General Manager selbst, der mir einfach zu beschäftigt zu sein scheint. Das stört mich in keiner Weise, den so sehr ich die Anwesenheit dieses Mannes vermeiden kann, werde ich es tun. Ich habe mich um ihn gekümmert, als ich ihn traf, und habe mich sogar durch die schlechten Zeiten durchgequält, in denen er mich beim

Frühstück anstarrte und sogar mein Obstsalat schlecht schmeckte.

Wenn ich meine Aufgaben als Audit-Manager und neuester Steampunk-Fan Nummer eins und alles, was mit dem Thema zu tun hat, nicht wahrnehme, nutze ich die Stopps, die das Schiff macht, und gehe von Board und raus in die Welt. Diese Landgänge lenken mich ein bisschen von der Tatsache ab, dass ich bisher leider mit meinen Prüfungen noch keine relevanten Fortschritte gemacht habe, das heisst noch keine konkreten Hinweise auf den vermuteten Betrug gefunden habe. Leider lösen diese Landgänge das Problem nicht, aber jetzt habe ich drei neue Taschen, eine goldene Halskette und das schönste silberne Armband, das ich je in meinem Leben gesehen habe. Dazu habe ich zwei wunderschöne Füllfederhalter gefunden, die mehr kosten als eine gute Armbanduhr, und gut jetzt bin ich ein paar tausend Dollar ärmer, aber zumindest kann ich meine Berichte mit der Klasse einer Montblanc Special Edition unterschreiben. Dies ist ein altes Laster, das ich bis heute problemlos aufrechterhalten konnte. Aber ist es wirklich meine Schuld, dass Guccis neue Kollektion so gut ist?

Ich treffe Pedro ein paar Mal während der Mahlzeiten. Am zweiten Tag essen wir zu Mittag und zu Beginn der ersten Nacht sehen wir uns auf dem Deck. Er sah cool aus mit den Cowboystiefeln und dem Handwerkergurt. Am dritten Tag traf ich ihn dann beim Frühstück und wurde von ihm eingeladen, am selben Tag zusammen zu Abend zu essen. Es wäre großartig gewesen, wenn seine Persönlichkeit so schön gewesen wäre wie sein Gesicht und sein Körper. Am Ende der Nacht nahm ich mir vor, nie wieder eine Einladung anzunehmen, um zwei Stunden lang einem Mann zuzuhören, der ein Korallenpoloshirt trägt und rote, karierte Shorts.

Heute Abend ist das lange, champagner farbene, viktorianische Gothic-Kleid meine Wahl. Der obere Teil besteht aus einem Hemd mit ausgestellten Ärmeln und wunderschönen Spitzendetails, um meinen Brustbereich hervorzuheben und ein gut aussehendes Dekolleté zu schaffen, begleitet von dem engsten Lederkorsett, das ich je in meinem Leben getragen habe. Ok, ich habe allerdings auch noch nicht viele Korsetts getragen. Das Korsett ist mit Metallschnallen und Stickereien verziert. Der Stoff meines Kleides geht bis zu meinen Knöcheln und was ich für ein Ärgernis gehalten habe, stellt sich als der beste Teil davon heraus: eine Öffnung, die am Anfang meiner Oberschenkel beginnt und bis zum Knie reicht. Nachher kommen hohe schwarze Socken und meine hochhackigen Lederstiefel.

Ich bin nicht mutig genug, einen Zylinder zu tragen, da das Wetter dafür immer noch viel zu heiß ist und es etwas Wind gibt, was mich veranlasst zu glauben, dass der Hut von meinem Kopf wegfliegt. Ich sehe allerdings mehrere Herren, die gegen die Hitze kämpfen und sehr detaillierte dreiteilige Anzüge mit Melone und Schutzbrille tragen. Einer von ihnen lächelt mich an, als ich ihnen den langen Flur entlang folge. Leider wäre er eine große Ablenkung während einer Reise, bei der ich den größten Teil meiner Zeit mit Arbeiten verbringen möchte. Eine Prüfung umfasst unter anderem Planung, Methoden, Fakten, Verfahren, Kontrollen, Risiko und Management desselben, aber keine niedlichen Himmelspiraten mit Schutzbrille. Das lässt mich an Pedro denken, und ich frage mich, wie seine Verkleidung wohl aussehen könnte.

KAPITEL ZWEI

Nicht besonders hungrig, nehme ich den längsten Weg zum Restaurantbereich und beobachte alle um mich herum. Die Dekoration, die den Ort durchdringt, überrascht mich immer wieder. Die tropische Sonne steht hoch am Himmel und zeigt an, dass es bereits später Nachmittag ist als das Schiff abfährt. Wir erreichen ein schönes Tempo in Richtung unseres nächsten Ziels. Ich lehne mich an die Reling auf dem Deck, der Himmel ist in diesen wunderschönen Safranschimmer gefärbt, den nur das offene Meer bieten kann, mein Kleid fliegt mit dem Wind und meine Haare sind völlig durcheinander. Dieser Zylinder schien mir eine gute Idee zu sein, um meine Mähne zusammenzuhalten. Ich schaute gerade auf das Wasser hinunter und dachte nicht daran, mich wie Rose umzubringen, sondern verehrte das Spiegelbild der Sonne im tiefen Blau, als ich eine Hand auf meiner Schulter spürte.

"Jesus Christus! Du hast mich zu Tode erschreckt! " Ich schreie, nachdem ich über meine Schulter geschaut habe, um dem Täter ein Gesicht zu geben.

Pedro.

"Genießt Du deine Kabine?" Fragt er amüsiert und schenkt mir das strahlendste Lächeln aller Zeiten. "Ich habe dich am Nachmittag nicht gesehen."

„Ich habe gearbeitet und ein Nickerchen gemacht, den Frieden ausgenutzt", erkläre ich. "Wie kommt dein Artikel?"

„Es ist unser fünfter Tag! Natürlich habe ich noch nicht angefangen", stupst er mich spielerisch auf den Arm. In solchen Momenten, manchmal im Gespräch mit Kollegen oder Bekannten, merke ich, wie kompetent ich mit meinem Job bin, alles rechtzeitig mache und nicht alle Möglichkeiten verschwende, zum Ziel zu kommen. Ich wollte gerade seine mangelnde Produktivität kommentieren, aber er spricht erneut: "Wenn ich mich nicht irre, schulden Sie mir eine Mahlzeit."

„Ich schulde dir eine Mahlzeit? Wir trafen uns auf dem Deck und du sagtest einfach: "Wir sollten ein gutes Abendessen und Getränke bekommen. Ich bin es leid, dich zu treffen, wenn du auf halbem Weg durch deinen Martini bist und um ein Mittagessen bettelst." Ich antworte und erinnere mich an das letzte Mal, als wir uns trafen und wie er ganz groß und selbstbewusst in seiner Verkleidung stand, wie er mit seinem langen Zeigefinger und Daumen mein Kinn erreichte und mich ihn ansehen ließ, als ich mit meinem Telefon abgelenkt war, um einige E-Mails zu beantworten.

Er ignoriert meinen Kommentar, schickt mir nur ein Lächeln und beginnt den Weg vorauszugehen. Es macht mir nichts aus, mir die Zeit zu nehmen, um seine Garderobe zu beurteilen, einen armeegrünen Anzug mit detaillierter Lederrüstung, der ein bisschen schwer aussieht, mit einer Sanduhr. Sie hängt an einer Seite des Gürtels und an der anderen Seite trägt er eine goldgerahmte Schutzbrille und Handschuhe.

Pedro öffnet mir die Restauranttür und rückt meinen Stuhl mit all der Ritterlichkeit, die er sich leisten kann, zurecht, damit ich mich setzen kann, sobald wir einen anständigen Tisch gefunden haben,. Wir sitzen schweigend da, um die Menüs zu überprüfen, und ich bin amüsiert darüber, wie sich mein Kleid um den Stuhl rankt und ihn verschlingt. Es herrscht ein Mix aus Live-Musik, leichtem Plaudern und dem Klacken von Metall auf Keramik.

"Auf keinen Fall ist er dir nachgegangen!" Ich lache und spucke fast mein Getränk aus. Mit Pedro zu sprechen ist zu einfach, er ist lustig, höflich und gebildet. Wir haben nur unsere peinlichen Liebesgeschichten geteilt. "Nun, meine ... lass mich sehen, ich habe diesen Kerl in einem Geschäft getroffen, ich suchte nach einem Oberteil, das ich unter meiner Fechtkleidung tragen kann, und er kam auf mich zu und bat um Hilfe, um ein Geburtstagsgeschenk für seine Schwester zu kaufen", bevor ich weiter sprechen konnte, hob er eine Hand vor seine Brust.

"Entschuldigung, aber hast du gerade gesagt, dass du fichtst?" Sein schockierter Ausdruck war entzückend.

"Ich weiß, es ist nicht die übliche Kampfkunst. Aber das ist besser als ein Mann, der dir nachläuft, nachdem du dich für den Karneval als Frau verkleidet hast!" Ich verspotte ihn und seine Geschichte von vorhin. Er verdreht die Augen und wirft seine Serviette auf mich.

"Ich sagte ihm, ich bin ein Mann, ich weiß nicht, warum er darauf bestand!" verteidigt er sich. "Aber bitte, mach weiter, jetzt will ich dich nicht verärgern und riskieren, dass du mir mit deinem Schwert nachgehst."

„Es ist aus Plastik, aber egal, der Punkt ist, irgendwie habe ich seine Einladung zum Kaffee angenommen und ein paar Tage später hatten wir ein weiteres Date, nicht lange danach waren wir in seiner Wohnung. Und die Dinge wurden ein bisschen heiss, jemand betritt die Wohnung; wir hören es aus dem Schlafzimmer. Er, der Feigling, der er ist, hat mir nicht gesagt, dass es seine Freundin ist! Also knallt sie die Tür auf und schreit: "Ich wusste es!" Direkt vor meinem Gesicht fragte ich, wer sie sei und als sie es mir sagte, war ich so sauer, dass ich dem Kerl ins Gesicht schlug! Und das Schlimmste ist, dass sie das Hemd trug, das ich aus dem Laden ausgewählt habe! Pedro brach in Lachen aus und musste sein Getränk nehmen, um das Essen runterzukriegen, an dem er fast vor Lachen fast erstickte.

"Okay, ich war dabei, dir davon zu erzählen, wie ich einmal eine Frau online gedated habe. Als wir uns real trafen, bat sie mich einmal, ihr beim

Ausladen aus dem Kofferraum ihres Autos zu helfen. Ich entdeckte, dass sie, neben der Kiste voller Bücher ihrer Mutter, drei weitere Kisten gefüllt mit Dildos und allen anderen Arten von Sexspielzeugen hatte. Aber die Story ist nicht annähernd so gut wie de peinliche Geschichte mit der zweiten Frau von dir und dann noch frisch auf der Tat ertappt." Er erzählt und lacht und ich schmunzle, amüsiert von seiner Geschichte und noch mehr, als ich ihn mir versuche vorzustellen, wie er, so groß und stattlich mit einer Kiste dasteht, gefüllt mit Anal Toys und essbarer Gleitcreme.

Die Nacht schreitet fort, so leicht wie sie nur sein kann, wir assen und neben Geschichten teilten wir das Dessert und Drinks. Wir tanzten sogar zur Live-Musik der Bank. Bevor ich es realisierte waren wir schon auf einem Spaziergang um das Deck, badeten unsere Füße im Poolwasser und hielten unsere Schuhe in der Hand, als wir zu unseren Kabinen zurück gingen.

"Hier ist meine," sagte ich, als wir mein Deck erreichten. Ich hielt die Lifttür offen und wartete darauf, dass er etwas sagen oder mir gar einen Gutenachtkuss geben würde; was auch immer er wählen wollte.

"Ich begleite dich zur Kabine," sagt er, löst sich von der Spiegelwand des Lifts und kommt ebenfalls aus dem Lift. Es ist gerade dann, dass ich entdecke, dass er nicht einmal den Knopf für sein Deck gedrückt hatte.

"Oh, du musst nicht," beginne ich, nicht dass es mich störte, aber es ist nur ein kurzer Weg und ich möchte Pedro nicht mehr beanspruchen, wenn es nicht nötig ist.

Er winkt ab, "wenn jemand eine Dame zum Abendessen ausführt, muss er sie auch sicher zu ihrer Tür nach Hause geleiten." Er sagt dies sanft und legt seine große Hand auf meinen Rücken. Ich beschwere mich nicht.

"Nun, wenn wir das schon nach alter Schule machen, kann ich dich auch gleich auf einen Kaffee in meiner Kabine einladen." Ich sage das, als wir die Tür zu meiner Kabine erreichen, die buchstäblich nur etwa 3 Meter von der Aufzugstür entfernt ist. "So, ... mein Ritter mit glänzender Schutzbrille, möchtest du reinkommen?"

Ich schaue auf von der Schutzbrille, die an den Taschen seines grünen Anzugs hängt und er schaut ebenfalls auf und schmunzelt "Natürlich, Mylady".

Ich ziehe die Karte durch das Türschloss und heisse uns damit beide in meiner Kabine willkommen. Während die Tür hinter mir selbst zu schwingt, gehe ich zum Mini-Kühlschrank und verstaue unterwegs meinen Laptop und die Ordner in einer Schublade. Es ist ja nicht so, dass ich Codes einer Atomwaffe oder so bei mir hätte, aber Pedro braucht auch nicht die Details meiner Arbeit oder Informationen über die Verwaltung des Schiffes zu sehen. "So, ich habe gelogen .. ich habe gar keinen Kaffee hier. Aber ich habe Sprudelwasser, stilles Wasser und Orangensaft ... was darf es sein?", frage ich, nehme eine Sprudelwasserflasche für mich selbst und halte die Kühlschranktür für ihn auf um selbst hinein zu sehen und sein Getränk herauszunehmen.

"Was hast du genommen - oh, ich hatte noch nie Sprudelwasser, weisst du." Sein Eingeständnis lässt meine Augen auf die Größe von Tennisbällen wachsen.

"Was, du hattest noch nie Sprudelwasser?" Ich weiss nicht, ob ich noch nüchtern genug bin, nach all meinen Drinks, aber ich frage ihn "Willst du jetzt probieren? Ich verspreche, es ist nicht geschmacklos."

"Ich weiss nicht, es schien mir nie gut zu sein, aber sicher," sagt er und kommt einen Schritt näher. Aber bevor ich nach einer neuen Flasche greifen kann, ist seine Hand schneller und schließt den Kühlschrank hinter mir. Ein süßes Lächeln umschmeichelt seinen Mund und ich weiss nicht, ob es das Steak oder seine plötzliche Nähe ist, die meine Nase seinen überraschenden Duft riechen lässt, aber mein Korsett fühlt sich leichter an um meine Hüfte. "Ist das okay?" Er lehnt nach vorne, berührt mit seinen Lippen meine so sanft, dass es schwierig ist, zu wissen, ob es geschieht oder nicht.

Ich könnte mir Sorgen machen über die Pros und Contras wegen meines bejahenden Nickens auf seine Frage. Aber in aller Ehrlichkeit, ich weiss, egal wie ich mit mir selbst argumentiere, ich ende immer damit, meinen körperlichen Instinkten zu folgen.

Hier geht nichts mehr.

"Ja," murmle ich, nicht mehr auf ihn wartend, sondern selbst die Distanz zwischen uns verringernd. Mein Mund findet langsam seinen und wir verbinden uns mit einem heißen, unschuldigen Kuss.

Zuerst.

KAPITEL DREI

Pedros Hände finden ihren Platz auf meiner Hüfte, zupackend mit mehr Kraft, während die Finger meiner einen Hand sich an seinen Rücken klammern und die Finger meiner anderen Hand mit den Locken seiner kurzen Haare spielen. Der Kuss ist leidenschaftlich, ruhig und alles, was ich mir wünschen könnte. Seine weichen Lippen verschmelzen mit meinen und ein wohliges Stöhnen entweicht seinem Hals, sobald ich seine Zunge gewähren lasse und einen tiefen, gierigen Kuss initiiere. "Du hast recht, es schmeckt gut", sagt er während dem Kuss. Die Worte sind kaum hörbar, wie ein leises, fernes Wispern, das aus seinem Körper kommt und die Struktur meines Körpers erschüttert.

Ich unterwerfe mich völlig, jedes Mal aufschnaufend, wenn er den Kuss unterbricht, um Luft zu holen. Aber es ist unangenehm, wenn er seine Lippen wieder gegen meine presst. Er erhöht den Pace indem er noch meinen Nacken und das Schlüsselbein mit seinen Küssen attackiert.

Obwohl ich ihn nun seit fast einer Woche kenne und er ein wirklich netter Kerl zu sein scheint - nicht wie all die durchschnittlichen Clubaufgabler, mit denen man einen lausigen One-Night-Stand hat - kann ich nicht leugnen, wie gehetzt es war. Nicht dass ich mir schlampig vorkäme; ich bin Single und date einen Mann, den ich ein paar Tage vorher getroffen habe und jemanden zu küssen ist, soweit ich informiert bin, nicht eine der größten Sünden.

Meine Bedenken gehen in Richtung dafür, was passieren könnte, wenn wir mit diesem Kuss weitermachen. Sie lösen sich aber in Luft auf, als Pedro sanft in meine Unterlippe beißt und zärtlich an ihr saugt. Ich keuche und bin unweigerlich davongetragen von der Wärme, die er mir gibt und davon, wie gut seine Lippen sich mit meinen bewegen.

Öfter schon habe ich gehört, Brasilianer seien leidenschaftlich, dass sie Gott im Herzen und den Teufel auf den Hüften hätten und so wie Pedro meine Hüften hält und seine andere Hand in meinen Haaren hat, kann ich das bestätigen. Mit einer kurzen Bewegung seiner Gelenke dreht er unsere Füße und lässt mich in seiner vorherigen Position stehen. Er beginnt mich rückwärts zu führen; eine schwierige Aufgabe angesichts meines langen Kleides und des Grössenunterschiedes. Ich muss auf meinen Zehenspitzen stehen, um seinen herrlichen Mund zu erreichen. Nach einiger Zeit fühle ich wie meine Beine das Bett berühren und ich lasse mich auf die Matratze fallen, ziehe ihn am Revers seines Anzugs mit mir und beginne dabei seinen Nacken zu attackieren.

Wir teilen eine weitere Serie feuchter, langer Küsse, seine geschickten und Zungen betäubenden. Fieberhafte Gedanken, der Mondschein auf seiner glänzenden Haut - und ich will mehr, ich brauche mehr.

Die Küsse sind tief, sein Körper schwebt über meinem und es ist nun pure Lust und Hitze. Wir verbringen einen großen Teil in Stille, uns gegenseitig betrachtend, außer Atem, keuchend, aber keinen Gedanken verschwendend an die Mühseligkeit, die Sauerstoff plötzlich bedeutete. Ich gebe ihm einen kurzen Kuss auf die Lippen und sage "Das ist schnell eskaliert, nicht?" Ich halte immer noch seinen Anzug, aber eine meiner Hände spielt mit seinem widerspenstigen Haar.

"Ich möchte ja nicht pervers klingen, aber ich habe darüber nachgedacht, seit du beim Boarden versucht hast, Portugiesisch mit mir zu sprechen", gibt er zu und ich fühle meine Wangen noch heißer und heller werden, mit dem Weihnachtsrot, dass zweifellos meine Haut nun färbt. "Es tut mir leid, wenn es zu früh ist, oder was auch immer, ich wollte wirklich nicht zudringlich sein."

"Nein! Was - es ist ... Ich habe es sehr gemocht, wirklich", sage ich ihm mit meinem ermutigsten und verständnisvollsten Lächeln, obwohl ich denke, dass es eher schwierig zu bewerkstelligen ist, wenn meine Lippen rot, geschwollen und gierend nach seinen sind.

Die Neuigkeiten machen Pedros Augen größer und dunkler, wenn das tatsächlich noch mehr geht. Er schaut mich unheilvoll an, bevor er sagt "Es stört dich also nicht, wenn ich es noch einmal tue?" Und gerade als ich dachte, er könne nicht noch sexier werden, küsst er mich langsam, ein zustimmendes Stöhnen von mir erhaschend.

Früh genug starten wir wieder im gleichen hungrigen Rhythmus wie zuvor, uns gegenseitig verschlingend wie die zwei unterernährten verhungernden Liebhaber, die wir sind. "Du schmeckst so gut", flüstert er gegen meine Lippen und zieht seine Küsse meinen Hals hinab. Er legt seine Hände auf meine Brüste, "und dieses Kleid … kein Wunder, waren alle Augen im Saal die ganze Nacht auf dir."

Mit einem grossen Lächeln von Ohr zu Ohr gelingt es mir mich auf ihn zu legen und ihn immer weiter küssend seinen Anzug Stück für Stück auszuziehen. In der Zeit ist Pedro mit seinen unentschlossenen Händen beschäftigt, nicht wissend, wo sie hinsollen, meine Hüfte und den Rücken erkundend. Gott sei Dank für mein viktorianisches Korsett.

Sein Hemd ist ausgezogen, so dass ich auf seinen Hüften sitze, die Beine auf beiden Seiten seines Körpers, und die nackte Figur seines wohlgeformten Körpers bewundere. Er lächelt teuflisch zwischen seinen breiten Schultern, dem kräftigen Bizeps und der massigen Brust, nimmt ebenfalls Platz und findet meine Lippen mit seinen eigenen, während seine Hände daran arbeiten, mein Korsett loszuwerden. Es war zu viel Stoff zwischen uns.

Sobald ich nur noch in meiner Unterwäsche stecke und von dem langen Kleid befreit bin, das uns auf dem Bett verschlungen hat, werden Pedros Augen groß beim Anblick meines halbnackten Körpers, was mein Ego stärkt und meine Abfolge von schmachtenden Küssen für ihn noch angenehmer macht, sobald ich anfange, in allen Absichten der Befriedigung zu versinken. Seine Augen verlassen nie das Bild meines spitzenbesetzten Hinterns in der Luft, während ich mich auf den Knien zum Bund seiner Hose vorarbeitete, was ihm ein zufriedenes Stöhnen entlockte: "Du bist so schön." Ich schnallte seinen Ledergürtel ab, wobei ich besonders darauf achtete, seine Schmuckstücke nicht zu beschädigen, und stellte mir vor, wie er mit seiner sechsläufigen Pistole gegen einen Schurken kämpft.

"Du Glückspilz."

Ein Knurren, ein animalischer Laut verlässt seinen Mund, als ich seinen Schwanz aus der Boxer entlasse und beobachte, wie er gegen seinen harten Bauch klatscht. Ein fast unschuldiges Keuchen entschlüpft mir, als ich die beeindruckende Länge seines Gliedes sehe.

Ich lecke es von unten nach oben, nachdem ich einen kleinen Kuss auf seine Eichel gesetzt habe, seine Hände finden ihren Weg zu meinen Haaren, streichen über meinen Nacken und lenken meine Bewegungen, was mich dazu bringt, ihn ganz in mich aufzunehmen, "ja... so, mach weiter so, Baby", flüsterte seine raue Stimme, während ich meine Zunge um sein pulsierendes Glied wirbelte. "Gott, Monica... dein Mund fühlt sich so gut um mich herum an."

Sein Rücken wölbt sich und ich höre sofort auf, weil ich nicht will, dass er jetzt schon abspritzt und den ganzen Spaß ruiniert. Pedro scheint das zu bemerken und mit Schweißperlen, die an den Seiten seiner Stirn herunterlaufen, sieht er mich an und zieht mich näher heran, bis wir Brust an Brust sind und er schlängelt seine starke Hand um meine relativ kleine Taille und rollt unsere Körper, so dass er zum zweiten Mal unter meinen kommt. Unsere Häute sind ein schweißtreibender Kontrast aus Vanille und Schokolade.

"Ich bin dran", er nimmt die Träger meines BHs zwischen die Zähne und schiebt ihn über meine Schultern, so dass eine meiner Brüste zum Vorschein kommt, Pedro küsst sie, saugt sanft an meiner Haut, und während er mich keuchen lässt, weil meine Brustwarze von seinem Daumen und Zeigefinger gerollt und leicht eingeklemmt wird, während er an meinem Hals leckt und bläst, macht er dasselbe mit der anderen Brust, bevor er den Duft der Haut zwischen meinen beiden Brüsten einatmet, "wie ist es möglich, dass dein Schweiß nach Erdbeere und Champagner schmeckt?"

Ich lache, seine Stimme wird durch den kleinen Raum gedämpft, der Gott sei Dank eine perfekte Größe hat. Pedro befreit mich von meinem Höschen und meiner Vernunft, küsst zwischen meinen Falten, beide seiner Hände halten sich an meinen Brüsten fest, offenbar sein bisheriges Lieblingsteil. Stumpfe Fingernägel kratzen sanft über die samtige Haut meines Bauches und ich sehe, dass er sich selbst vorantreibt, indem er seinen Schwanz masturbiert, gleichzeitig leckt, saugt und knabbert er an meinem Kitzler und rührt mit seiner Zunge an meinem Eingang, inzwischen bin ich ein einziges Durcheinander, mit meinen blonden Locken wild im Gesicht und überall auf den Kissen, und flehe ihn an, weiterzumachen. "Caralho...", flucht er in seiner eigenen Sprache, und allein dadurch, wie heiser seine Stimme klingt und wie er das R des Wortes betont, könnte ich von alleine kommen, und das weiß er, "willst du kommen, Baby?" Ich nicke, unfähig, richtige Worte zu bilden.

Pedro stoppt seine Bewegungen, beugt sich wieder auf meine Augenhöhe, "Ich habe keine Kondome dabei", gesteht er, seufzt und senkt den Kopf.

"Ich nehme die Pille ... bitte, fick mich einfach."

Mit der neuen Information und der Zustimmung verschwendet er keine Zeit damit, so hart und tief in mich einzudringen, wie er kann. Meine Wände haben Schwierigkeiten, sich an seine Größe anzupassen, er dehnt mich völlig aus und erfüllt mich mit Lust. Ich weiß nicht, wie die Leute in den Zimmern nebenan nicht an meine Tür geklopft haben, um sich über den Lärm zu beschweren, den wir machten, aber es war mir egal, es gab keine Probleme damit, dass er mir ein solches Vergnügen bereitete, das meinen Körper völlig beherrschte, seine flinken Finger masturbierten meine Klitoris, bis ich unter ihm zusammenbrach.

Einmal, zweimal, und er konnte es nicht mehr zurückhalten, überkam die Erschöpfung und kam in mir, heulte in mein Ohr wie eine Bestie, eine Aneinanderreihung von Schimpfwörtern in verschiedenen Sprachen, die nicht nur sehr sexy klangen, sondern mich auch vor Vergnügen lachen ließen.

Pedro liegt eine Weile mit seinem Kopf auf meiner Schulter, völlig erschöpft, küsst träge meine Schlüsselbeine und flüstert süße Nichtigkeiten, die in meiner Brust widerhallen und als süßes Schlaflied dienen, das verhindert, dass meine Augenlider offen sind. Ich bin knapp wach, als er sich aus mir herauszieht und ich spüre, wie sein Sperma aus meinem Eingang sickert und eine noch größere Sauerei zwischen meinen Schenkeln macht. Als ob die vier Male, die ich spritzend kam, nicht genug wären, um die Laken nass zu machen, sind sie jetzt auch noch klebrig.

"Schläfst du auf mir ein, Gatinha?", fragt er und bringt mich zum Schmunzeln, weil er mich auf Portugiesisch Miezekatze nennt.

"Nein!", ich versuche zu lügen und seiner Frage auszuweichen, indem ich einfach wieder die

Augen schließe, aber so dumm wie es klingt, kann ich mir das Lachen nicht verkneifen, immer noch high von dem ganzen Vergnügen.

"Oh ... großartig dann."

Ich könnte nie mit Perfektion erzählen, was passierte, denn in der einen Sekunde lag ich im Bett, mit Pedros Körper als meiner Decke, und in der anderen trug er mich mit beeindruckender Leichtigkeit und hielt erst inne, als wir beide unter dem Duschkopf standen, wo er aus Versehen den kalten Wasserstrahl anstellte und mir damit fast einen Herzinfarkt bescherte. Die Dusche war großartig, aber nicht so groß für zwei Personen, besonders in Bezug auf Pedro, der so groß wie ein Turm war und ziemlich Platz beanspruchte. Er begann, langsam Seife um meine Schultern herum aufzutragen und streichelte dabei meinen schlaffen Körper, der zu sehr abgelenkt war, um auf die Wassertropfen zu starren, die seine Bauchmuskeln hinunterliefen und seine V-Linie erreichten, seine nackte Intimität, die immer noch beeindruckend groß war, selbst bei Halbmast.

"Du bist wirklich bezaubernd, wenn du müde und nass bist, weißt du das? Mit diesen geröteten Wangen und der roten Nase", sagte er und ich

41

küsste ihn zärtlich, unsere Bewegungen klein, schlampig und kaum vorhanden.

"Du bist auch nicht schlecht, das weißt du doch, oder?" fragte ich, er nickte verlegen, zeigte damit, dass er das Gespräch nicht fortsetzen wollte. Er küsste mich wieder und schon bald hatten Pedro und ich eine zweite Runde direkt in der Duschkabine, mit meinen Beinen um seine Taille und meinem Rücken gegen die kalten Fliesen, während ich seine erregten Stöße in mir empfing und das Wasser zwischen uns stand.

KAPITEL VIER

Ich öffnete meine Augen an diesem Morgen, um mich mit dem verdammten Licht auseinanderzusetzen, das durch die Vorhänge hereinkam, die ich offengelassen hatte. Schon wieder.

Es ist nicht so, dass ich schlecht geschlafen hätte, tatsächlich war es recht angenehm, denn der Kontrast von Pedros heißem Körper gegen meinen und der kalten Klimaanlage auf meiner entblößten Haut ließ mich schnell einschlafen und gab mir ein großes Gefühl von Leichtigkeit und Frieden. Aber ich hatte seltsame Träume, jemand mit einer seltsamen Phantasie, den ich schon einmal in den Gängen des Schiffes gesehen hatte, ein Pestarzt, mit einer langen Nasenmaske und einer dunklen Glasbrille, einem schwarzen Zylinderhut, der spärlich mit dunklen Federn verziert war, und einem langen, schwarzen Umhang, diese Person betrat das Zimmer, während Pedro und ich schliefen, und durchwühlte einige meiner Sachen, als ob sie endlos nach etwas suchen würde. Das Bild ist immer noch sehr real in meinem Kopf, von der

Kreatur, die durch den kleinen Balkon des Schlafzimmers eintrat, der zur Außenseite des Bootes zeigt, als ob sie von einem Balkon zum anderen gesprungen wäre, um in meinen Schlafsaal zu gelangen und meine Sachen zu plündern. Es war alles so real, dass ich, als ich die Augen öffnete, für ein paar Sekunden daran zweifelte, dass das alles das Ergebnis meines müden Gehirns war, und mich verwirrt im Zimmer umsah, aber nichts deutete darauf hin, dass alles wahr war.

Pedro zog sich in sein Zimmer zurück, nachdem er mein Bad benutzt hatte, und wir trafen uns wieder zum Frühstück. Schon organisierter und ohne zerknitterte Anzüge, aufgeknöpftes Hemd oder eine fehlende Socke. Danach sahen wir uns nicht oft, ich ging zurück zu meinen Pflichten und er zu seinen, um endlich den Artikel zu schreiben, den er schon längst hätte beginnen sollen. Obwohl das Aufwachen mit der Inspektion seines nackten Körpers eine optimale Erfahrung war, wussten wir beide, dass das, was passiert war, etwas war, das nie mit einem Wort definiert werden würde, das nicht 'zwanglos' war. Dieser Sommerflirt hatte viel Spaß gemacht, aber wir können nicht so tun, als würden wir uns nach dieser Kreuzfahrt wieder treffen und Olivia Newton-John und John Travolta spielen.

Diese Zeit auf See schien sich zu ziehen, ich versuchte, in meiner Arbeit zu einem Abschluss zu kommen, aber diese Prüfung war in der Tat nicht einfach. Wohlgemerkt, ich hatte Spaß, doch das Gefühl, dass ich nicht annähernd mit meiner Arbeit fertig wurde, begann seinen Tribut zu fordern.

Das Erhellendste an allem (abgesehen von der Kreuzfahrt) waren die Besprechungen mit dem Kapitän, denn es schien, dass er der Einzige war, der mir wirklich half, Fortschritte zu machen, kleine zwar, aber dennoch Fortschritte. Und Gott sei Dank war der General Manager nirgends in Sicht. Das ist besorgniserregend, da ich ihm noch einige Fragen stellen muss, aber je weniger ich ihn sehe, desto besser für meinen gesunden Geisteszustand.

Und gerade als ich den Raum verließ, in dem der Kapitän und ich uns unterhielten, passierte etwas Seltsames.

Es war vor dem Schichtwechsel einiger Mitarbeiter, und einer von ihnen, Ron, wenn ich mich nicht irre, betritt etwas außer Atem den Raum.

"Irgendetwas ist passiert", sagt er mit südländischem Akzent, es ist eine Schärfe dabei, etwas, das ich nicht ganz zuordnen konnte, na ja... bis er sagte, dass "laut unseren Aufzeichnungen gestern Nachmittag mehr als fünfzig Pillen von der Pyxis im medizinischen Zentrum des Schiffes verschwunden sind", er atmete schwer, als wäre er einen Marathon gelaufen, um hierher zu kommen und es uns zu sagen.

"Pyxis?", erkundige ich mich. "Wie das Sternbild?"

"Ja, das ist eine automatische Anlage zur Medikamentenausgabe, sie hilft, den Nachschub zu kontrollieren und erhöht auch die Sicherheit, da einige Medikamente, meist diejenigen gegen Schmerzen, Betäubungsmittel enthalten. Es wird ein Code benötigt, um Zugang zu erhalten." Der Kapitän erklärte kurz, und ich nickte.

"Sie haben das gesamte verantwortliche Personal und das medizinische Personal von der Kreuzfahrt versammelt, ich bin gekommen, um

Sie zu holen. Sie auch, Ms. Jackson", Ron wechselt seinen Blick von meinem zu dem des Kapitäns und wir folgen ihm durch die Korridore des Schiffes, die zum Schauplatz des Treffens führen.

Toll, es war schon schwierig, mit meinen überlangen Kleidern zu laufen, stellen Sie sich vor, Sie rennen fast durch die Korridore und treffen noch auf eine Schiffsbesatzung, die fast alle dem Thema entsprechend verkleidet ist. Einige Leute von der Steuerung fehlten, da das Schiff ja nicht anhalten konnte, und so wie ich das gesehen habe, müssten wir die Mitarbeiter in ihrer Freizeit jagen, um herauszufinden, wer das war. Warum habe ich bloss wieder dieses Kleid und den Gürtel mit dem Kompass gewählt?

Fast alle, die von Bedeutung waren, waren da, bis auf ein paar Leute und den Stellvertreter des Kapitäns, den Generaldirektor. Nun, das weiß ich, weil er jetzt sicherlich schon irgendeinen dummen Witz über die Situation machen oder mich mit seinen idiotischen Anmachsprüchen mittleren Alters nerven würde.

Wir begannen eine kurze Untersuchung. Und das erste, was wir taten, war, die

Überwachungskamera des Raumes zu überprüfen, in dem das Gerät steht, und wie ich vermutete, hatte die Kamera in diesem Moment einen "Defekt". Niemand ist so dumm... deshalb sind Leute wie ich hier. Die Person, die für die Überwachung der Kameras zuständig ist, sagte, dass dies schon einmal passiert sei und dass sie gestern Nachmittag lange versucht haben, das Bild zu reparieren, und als sie die Kamera herausgenommen haben, um sie wieder zum Laufen zu bringen oder sie durch eine andere zu ersetzen, war der Vorfall bereits gemeldet. Da wir in dieser Abteilung keinen Erfolg hatten, beschlossen wir, zum nächsten Schritt überzugehen: die Befragung des Besitzers des Codes, der für den Zugriff auf Pyxis verwendet wurde: Doktor Conrad.

In weniger als einer halben Stunde teilte uns der Arzt mit, dass es gestern Nachmittag keinen medizinischen Vorfall gab und Pyxis von ihm nie benutzt wurde, da es nicht einmal seine Schicht war. Er behauptete, seine freie Zeit im Restaurant verbracht zu haben, als er zu Mittag aß und danach in sein Zimmer ging, um ein Nickerchen vor seiner nächsten Schicht zu machen, die in der Nacht desselben Tages sein würde. Nun, das erklärte, warum er ein wenig unhöflich war, der arme Kerl hat nicht einmal geschlafen! Wir griffen auf die anderen Sicherheitskameras zu und konnten deutlich Bilder von Dr. Conrad beim Mittagessen und ein weiteres von ihm sehen, wie er den Korridor hinunter ging, der zu seinem Zimmer führte, zu der Zeit, die auf dem Gerät markiert war, dass die Betäubungsmittel gestohlen wurden. "Ich? Ein Pillendreher? Oh, bitte!" Sagte er, extrem beleidigt.

Wenn er es also nicht war, hat jemand seinen Code benutzt, um Zugang dazu zu haben.

Zusätzlich zu den Befragungen überprüften wir die Sicherheitskameras, die am Ende für viele als Alibi dienten, Drogentests wurden für das Personal bereitgestellt und nun mussten wir einfach auf die Ergebnisse warten und weiter versuchen, vernünftige Erklärungen zu finden, um die Lücken zu füllen.

Es gab keinen Grund, die Passagiere zu belästigen, das wurde uns bei einem erneuten Blick auf die Kamerabilder klar. Erstens, weil es nicht machbar war, herumzugehen und jeden auf dem Schiff darauf anzusprechen. Daneben war auch die Gefahr, Panik bei den Leuten auszulösen, die ihre Reise nicht genießen konnten, weil sie dachten, dass irgendein Dieb, Pillenschmeißer oder Drogendealer den sicheren Aufenthalt, den sie hier haben sollten, bedrohte. Zusätzlich zu der Überprüfung des Profils aller Passagiere hatten wir niemanden, der unser potentieller Junkie sein könnte. Zweitens, weil wir sahen, dass nur dreimal ein Passagier das medizinische Zentrum aufgesucht hatte, ein Mann mit starker Verstopfung, ein Fall von Sonnenstich und eine Durchfallerkrankung und für keines dieser Vorkommnisse wurde die Pyxis benutzt. Nur der Code von Dr. Conrad war dort registriert, keine der drei Krankenschwestern, nicht der andere Arzt und auch sonst niemand. Alle waren woanders, alle hatten ein Alibi und auf der Pyxis war nicht einmal ein Fingerabdruck zu sehen, was bedeutet, dass unser Übeltäter schlau genug war, Handschuhe zu tragen.

Ich kann nicht anders, als diese Tatsache mit den fehlerhaften Informationen in den Buchhaltungsbüchern des Schiffes in Verbindung zu bringen und mit all dem Geld, das scheinbar ausgegeben wird, es aber letztendlich nicht ist. Jemand veruntreut wahrscheinlich Geld vom Schiff und stiehlt Betäubungsmittel.

Nach der Messe treffe ich Kapitän Charles wieder an seinem üblichen Posten. Ich versuche, nicht gegen die Knöpfe an der Konsole zu stoßen, lehne mich dagegen und beobachte, wie ernst und besorgt sein Gesichtsausdruck ist. Bevor ich etwas sagen kann, ist er schneller und sagt:

"Ich weiß ... es hat etwas mit all diesen hohen Zahlen und fehlenden Informationen in unseren Unterlagen zu tun."

Ich nicke und schaue ins Leere und auf den Bildschirm vor uns.

"Haben Sie einen Verdacht?" Ich frage; Kapitän Charles ist schlau, vielleicht hat er einige Zusammenhänge erkannt.

Er sieht mich mit einem singenden Lächeln an und mir wird klar, wie schön er wirklich ist, nicht dass es mir vorher nicht aufgefallen wäre, aber ich glaube, der Stress dieser neuen Situation hat mich berührt.

"Weißt du Monica ... das ist schon mal passiert, einmal auf unserer letzten Reise, ich erinnere mich an einen längeren Zwischenstopp irgendwo in Europa, und wir mussten eine größere Menge derselben Mittel kaufen." Er holt tief Luft und fährt sich mit der Hand durch die Haare. "Damals hat niemand groß darauf geachtet, wir hatten einige ältere Passagiere und die medizinischen Vorfälle waren etwas häufiger, aber jetzt, wo ich darüber nachdenke ... es kann nicht sein, dass ein Arzt einem sechzigjährigen Mann so viel Tramadol gibt, das macht doch gar keinen Sinn. "

Das ist wahr, es gibt nicht so viele Medikamente mit diesem Grad an Suchtgefahr, die so häufig in einem Fall verwendet werden, in dem die Vorkommnisse meist Fälle von Hitzschlag und Allergien gegen exotische Lebensmittel sind. Zudem ist die Verwendung dieser Medikamente extrem kontrolliert und die Abgabe nur bei schweren Notfällen vorgesehen.

"Das ist wahr ... ähm, Sir, haben Sie den General Manager gesehen? Ich muss noch mit ihm sprechen."

"Ich habe Mike seit gestern Abend nicht mehr gesehen, das ist komisch, normalerweise ist er immer da."

"Ja, außer wenn ich mit ihm reden muss", schnaufe ich, stoße mich von der Theke ab und verabschiede mich.

Ich treffe Pedro auf dem Deck und werde von ihm zum Schwimmen eingeladen. Nun, zu diesem Zeitpunkt habe ich nicht viel zur Lösung des Problems beizutragen, also kann mir eine Ablenkung guttun.

"Und? Hast du deinen Bericht fertig?" fragt Pedro, während wir in der Nähe der Pool-Bar schwimmen. Natürlich habe ich ihm nicht gesagt, um was es geht.

"Nein, hast du deinen Artikel fertig?" Ich versuche, die Richtung des Gesprächs zu ändern, und er scheint zu verstehen.

"Gehst du morgen zu der Party?" Morgen wird es auf dem Schiff eine große Party geben, nicht wie in den Nachtclubs, die es jeden Abend gibt, sondern ein großes Fest für alle Passagiere, das viel Essen, Trinken, Musik und eine MENGE Steampunk verspricht!

"Natürlich werde ich, warum? Willst du mich fragen, ob ich mit dir gehen will?"

"Nur wenn du ein guter Tänzer bist", scherzt er und nimmt einen Schluck von dem Getränk, das ich ihm untergejubelt habe, als er sagte, ich könne die Getränke bestellen, während er auf die Toilette geht.

"Natürlich tanze ich gut! Du hast schon mit mir getanzt"; ich verschränke die Arme und versuche, ein wütendes Gesicht zu machen. Aber dann lache ich über den riesigen Mann, der einen Cosmopolitan mit seinem rosa Schirmchen und einer Kirsche oben drauf trinkt.

"Zu einem langsamen Lied zu tanzen, bei dem du dich nur an meinen Hals geschmiegt hast und von einer Seite zur anderen gewippt bist, zählt nicht, ich rede von richtigem Tanzen."

Es war nicht nötig, das Ende dieser Diskussion zu erreichen, um zu wissen, dass er und ich wahrscheinlich einen Wettbewerb darum haben würden, wer besser tanzt.

Zu meiner Verteidigung muss ich erwähnen, jetzt, wo wir auf der Party sind, nachdem Pedro mich sehr ritterlich aus meinem Zimmer abgeholt hat, dass das Kleid mir nicht viel hilft. Ja, es zeichnet meine Kurven sehr gut, aber es ist schwierig zu beweisen, dass ich die Ehre verdiene, jemanden in einer musikalischen Herausforderung zu besiegen. Das Kleid mit all diesem Stoff, Leder und einem engen Korsett macht es nicht einfach. Vielleicht verbringt Pedro dafür mehr Zeit damit, meine Brüste zu beobachten als meine Schritte zu analysieren, das wäre meinem Wettbewerbsgewinn förderlich.

Der Ballsaal ist sehr schön dekoriert, die großen Lichter fallen von der Decke und hängen an dicken Kupferketten. An den Wänden hängen Flaschenzüge, Zahnräder und große Uhren, die jede Stunde schlagen. Industrielle Schornsteine stoßen Trockeneis aus und erzeugen einen Nebel, der die gesamte Tanzfläche bedeckt, die Kabine des DJs ist ein Luftschiff von beachtlicher Größe. Daneben stehen Rabenstatuen, deren Metallflügel von Seilen angetrieben werden. Genauso wie auch die großen Flügel aus Segeltuch und dünnen Kupferrohren, die an einer Wand weiter weg vom Saal stehen. Sie sehen aus, wie ich mir die vorstelle, mit denen Ikarus von der Insel Kreta entkommen sein könnte.

Das Essen wird von kostümierten Kellnern serviert, alle mit spitzen Schnurrbärten, Bowlerhüten und Lederwesten und Stiefeln. Thematische Getränke und Kekse, die wie alle möglichen Geräte geformt sind, braune Zuckerwatte, die wie goldene Wolken kreist und viktorianisches Geschirr bilden das Bankett am Tisch.

Die Musik stoppt für einen Moment und der DJ verkündet, dass in zehn Minuten die Gewinner des Kleiderwettbewerbs bekannt gegeben werden. Natürlich dachte ich auch daran, diesen zu gewinnen, und so verbrachte ich einen Teil meines Nachmittags damit, im Schiffsladen einzukaufen, um mein Revolvermann-Kostüm zu perfektionieren.

Pedro war vor einer Weile weggegangen, um Getränke zu holen, und kam mit zwei verrauchten Gläsern zurück, heiße rosa Drinks mit perlendem Rauch, der um den Inhalt tanzte. Aber was meine Aufmerksamkeit erregte, war ein Kerl, der überall zu sein schien, wo ich hinging, neben anderen verkleideten Tanzgästen. Ich kenne sein normales Aussehen nicht, sein Pestarztkostüm machte es mir schwer, seine Erscheinung zu erkennen. Sie war wie die aus dem seltsamen Traum, den ich hatte. Nicht einmal seine Augen waren zu sehen. Er trug einen langen schwarzen Mantel und eine sperrige Ledertasche. Es ist das zweite Mal auf der Party, dass er in meiner Nähe zu sein scheint und mich beobachtet, wie ein Hai, der seine Beute umkreist.

Ich nutzte einen guten Teil der Party, um auch das Verhalten der Gäste zu beobachten, und am Ende traf ich mich mit Captain Charles, um Neuigkeiten über das Bestreben zu erfahren, herauszufinden, wer die Pillen gestohlen hat.

"Also, ich habe nachgedacht", sagt Pedro und kommt auf mich zu. Da bemerke ich, dass die unbekannte Gestalt wieder verschwunden ist. "Morgen hält das Schiff in Caracas, warst du schon mal da?"

"Ein oder zwei Mal", zähle ich auf, um nicht wie ein Snob auszusehen, und nippe an meinem Drink, mag den starken Geschmack und die Wirkung des Rauchs um ihn herum, wie Trockeneis. "Hast du?"

"Ja, ein- oder zweimal", lacht er und benutzt meine Worte gegen mich, "ich habe mir überlegt, nach dem Frühstück dort am Strand spazieren zu gehen, willst du mitkommen? Da gibt es ein Restaurant, das göttliche Meeresfrüchte serviert, weißt du? Und du könntest mich zum Mittagessen einladen, als Preis dafür, dass ich den Tanzwettbewerb gewonnen habe."

"Verzeihung, hatten Sie gerade die Illusion, dass Sie mich im Tanzwettbewerb besiegt haben? Ach, träumen Sie nur weiter!" Ich verpasse ihm einen leichten Schlag in die Brust, und Pedro tut so, als hätte er absurde Schmerzen, bis ich zugebe: "Okay, okay ... vielleicht bin ich kein so guter Tänzer wie du, aber das ist alles die Schuld meiner Kleidung! Dieses Kleid mit dem langen Po und der Gürtel mit der Pistole haben mir die Roboterbewegung verdorben."

"Ah, ich glaube gar nicht, dass du so schlecht warst - ich meine, es ist sehr schwierig, mich in einem Tanzwettbewerb zu schlagen... Ich meine, komm schon, ich bin ein Latino!" seine Hand trifft meine Taille und dieser feste Griff von ihm lässt mich immer in seinen Armen schmelzen. "Okay, lass uns einen Deal machen, es war ein Unentschieden. Ich gebe dir ein paar Extrapunkte, weil du weißt, wie gut du dich im Bett bewegen kannst." Mein verletztes Ego heilend, spricht Pedro auf mich zu und beißt auf meine Unterlippe, die Teil eines besiegten Schmollmundes war.

Wir beginnen einen langsamen, ruhigen Kuss auf der Tanzfläche, seine eisige Hand umschließt mein Gesicht und verursacht eine Gänsehaut auf meiner Haut, während wir unsere Zungen sanft gegeneinander bewegen und einfach nur die Chance genießen, für den Moment in den Armen des anderen zu liegen. "Ich glaube, das sagst du nur, weil ich dich mit meinem Degen jagen könnte", sage ich zwischen zwei Küssen.

"Na ja, das und die Tatsache, dass ich dich heute Abend noch auf dein Zimmer begleiten möchte."

KAPITEL FÜNF

Die Party dauerte bis in die frühen Morgenstunden. Pedro und ich gingen gegen zwei Uhr morgens in seine Kabine. Er, sehr aufgeregt, nachdem er mit mir getanzt hatte, Körper an Körper, ließ sich schließlich zu mehr hinreißen als das, was als angemessen gilt, und als er mir die Tür zu seinem Zimmer öffnete, waren seine Augen so dunkel wie die Nacht und seine Haut glitzerte vor Schweiß und der Geruch eines heißen und süchtig machenden Eau de Cologne drückte mich gegen den Stoff und isolierte uns von der Welt.

"Okay, nach diesen drei Liedern muss ich zugeben, dass du ein ziemlich guter Tänzer bist", gibt Pedro zu, ganz nah an meinem Ohr, während ich an der Tür seines Zimmers stehe und beobachte, wie ordentlich er sein Gepäck auf dem Boden und seine Hüte auf der Kommode hat.

"Komm schon ... Ich hasse es, die "Ich hab's dir doch gesagt"-Person zu sein", lächle ich, wie ein dummes Schulmädchen, das gerade ein Kompliment bekommen hat.

"Das musst du nicht sein", er geht zu seinem Mini-Kühlschrank und öffnet ihn, "willst du etwas trinken?"

"Ja ... hast du kaltes Wasser?" Pedro nickt, öffnet eine Flasche Wasser und gießt es in ein Glas. Ich beobachte, wie er ins Bad geht, um sich die Hände zu waschen, bevor er zurückkommt und Eis aus einem kleinen Eimer auf dem Gefrierschrank nimmt und ein paar Stücke in sein und mein Glas gibt.

"Danke"; ich nehme ich einen langen Schluck, der im Grunde den größten Teil des Inhalts verschluckt und nur Eis und etwas Wasser übrig lässt.

"Es ist heiß hier drin, nicht wahr?" fragt er, und ich weiß schon, was er vorhat, als er seinen Anzug und die Accessoires auszieht.

"Ja, ist es", sage ich.

Er kommt mir immer näher, lehnt sich in meine Richtung und ich weiß, sobald ich einen Geschmack seiner köstlich zarten und fiebrigen Lippen bekomme, gibt es kein Zurück mehr.

Wir hören nicht auf, uns zu küssen, nicht einmal, wenn wir um Luft ringen, und Pedros Stöhnen wird in mir lauter, er drückt seinen Körper gegen meinen.

Es ist alles zwischen Brummen und lautem Stöhnen, als ich gegen seine Mitte gedrückt werde und die harte Beule spüre, die durch den Kontakt in seiner Hose gewachsen ist.

Pedro greift zu meinem vergessenen Glas, trinkt mein Wasser aus und nimmt einen Eiswürfel mit zwei Fingern und platziert ihn zwischen seinen Lippen. Ich beobachte fasziniert, wie er seine Lippen an mein Ohr bringt und beginnt, das Eis auf meiner Haut zu reiben, wobei er mit seinen kalten, trägen Bewegungen Schocks auf meinem ganzen Fleisch auslöst, die meinen Kopf zurückfallen lassen.

Ich fahre mit meinen Fingern an seinen Haaren hoch, zupfe an seinen kurzen Locken, während seine eisigen Küsse meinen Brustbereich hinunter wandern und mit seiner kleinen Aktivität meine Kleidung Stück für Stück entfernen.

Als meine Brüste von meinem Revolverhelden-Outfit befreit sind, verweilt er mit seinen Küssen dort, was mich dazu bringt, unter ihm zu schreien: "Du reagierst so gut auf mich", seine Stimme ist durch das Eis gedämpft, aber das ist mir egal, ich reagiere gut auf ihn.

Er schnappt sich einen weiteren schmelzenden Würfel und kommt zurück zu meinen bedürftigen Lippen, küsst härter, während wir versuchen, unsere Körper aus den Kleidern zu befreien, und sobald das passiert ist, tritt Pedro die Stapel hinter sich, beide von uns völlig nackt, bis auf meine Kniestrümpfe, von denen er sagte, dass er sie sehr mochte, als er meine Stiefel auszog, aber jetzt konzentriert er sich darauf, meine Brust mit einer Hand zu erkunden und meine Hitze mit der anderen.

Ich habe keine andere Wahl, als das Gleiche zu tun, bekomme sein Glied zu fassen und masturbiere fest.

Mit einer schnellen Bewegung dreht Pedro mich um und meine Titten drücken gegen das kalte Material der Tür, aber es bleibt keine Zeit, darüber nachzudenken, wenn er erst einmal komplett von hinten eindringt. Mein Rücken wölbt sich, mein Bauch kippt, und meine Augen rollen vor lauter Lust und Druck zurück.

Er packt meine Haare und hält sie fest, stößt fest, aber nicht hart genug, um mich zu verletzen, in seine Richtung, stößt mit ziemlicher Wucht in mich hinein, eine Hand reibt Kreise und Achten auf meinem Schlitz, der jetzt so nass ist, dass es in meine Schenkel tropft.

"Komm für mich, Prinzessin", sagt er in mein Ohr, zwei Hände fliegen zu meinen Brüsten und ich stöhne. Laut.

Pedro hält das Tempo, bis ich etwa dreimal das Gleichgewicht verliere und auf seinem Boden komme, bis er in mir kommt.

Er trägt meinen nutzlosen Körper in die Dusche, wo er mich mit einer Flasche Himmel wäscht, und dann treibe ich friedlich auf ihm.

Wenn du es wissen willst, ich habe den zweiten Platz im Wettbewerb um das beste Kostüm belegt. Anscheinend hatte ein Mädchen namens Nancy, mit kurzen, roten Haaren, einem schiefen Pony und Sommersprossen, einen Vorteil, weil sie alle ihre Kleider von Hand genäht hat. Die Tatsache hätte mich mehr stören können, aber mit Pedros Händen auf mir am Ende des Abends war es schwer, sich von ihrem dummen Akzent irritieren zu lassen, als sie darüber sprach, wie sie jeden Knopf an ihrer Weste auswählte, um etwas Anderes darzustellen.

Das Frühstück ging ruhig weiter, wir waren schon im Hafen der Hauptstadt von Venezuela. Pedro freute sich, dass ich mit den Krabben kämpfte, die wir zum Mittagessen essen würden. Er hatte sein Notizbuch auf dem Tisch aufgeschlagen und bat mich von Zeit zu Zeit um Worte, um seinen Artikel zu vervollständigen. Dazu aßen wir Obst und Croissants und hielten uns mit Kaffee wach, da wir erst um fünf Uhr morgens schlafen gegangen waren und bereits um acht Uhr wieder aufgestanden waren.

Jetzt, in normaler Kleidung - ich trage High-Waisted Denim Shorts und ein lilafarbenes Oberteil, das ich in einer kleinen Boutique gekauft habe, in der ich bei einem der Schiffsstopps eingekauft habe, zusammen mit meiner neuesten Marc Jacobs-Tasche - stellt Pedro seine Kameraobjektive für mich ein. Er sieht köstlich aus in einem grünen Button-Down mit kurzen Ärmeln und schwarzen Shorts, ganz zu schweigen von seinen sexy Slip-on Vans ohne Socken. Er besteht darauf, mehrere Fotos zu machen, er sagt, dass er, da wir uns nie wiedersehen werden, wenigstens eine Erinnerung an mich haben muss. Naja, das und wegen seiner Drohung, Lebensläufe mit meinem Foto auszudrucken und sie bei Hooters abzuliefern, wozu er sagen werde, dass ich drei Tabletts gleichzeitig beladen kann, aber zu schüchtern sei, um mich für den Job zu bewerben.

In diesem Moment blieb ich auf dem Bürgersteig des Hafens von Caracas stehen, mit einem breiten Lächeln auf dem Gesicht und dem majestätischen Schiff hinter mir. Ich zoomte mit der Kamera ein Foto heran, lachte über einen asiatischen Senior, der hinter mir ein Gesicht machte, und einen Jungen, der ein paar Meter von der Szene entfernt mit einem Truthahnbein hantierte, aber irgendetwas auf dem Bild schaffte es, noch mehr Aufmerksamkeit zu erregen.

"Hey, warte mal - das ..." Ich gehe näher, vorsichtig, fast langsam und versuche, so viel wie möglich mich verborgen zu halten, und beobachte das Geschehen, das sich jetzt vor mir abspielt. Ich bleibe aber immer noch weit genug, dass ich alles klar sehen kann. Pedro folgt neugierig hinter mir, er versteht nichts und als er seine Fragen beendet, sage ich: "Ich will nur etwas überprüfen", und werfe ihm einen vorsichtigen Blick zu.

Nicht weit von mir sehe ich den General Manager Mike Bryan. Ein schrecklich gekleideter Tourist mittleren Alters, der eine Tasche auf seinen Schultern zurechtrückt und sich mit ihm unterhält, ein großer, dünner Mann mit dem Gesicht von wenigen Freunden. Immer näherkommend sehe ich, wie Mike diskret eine Tasche öffnet, jetzt klarer. Ich sehe, dass sie aus Leder ist, von einem einzigen Griff auf seiner Schulter getragen, dunkel, sperrig und mit einer Maske behängt. Eine medizinische Maske von früher, einer Pestmaske!

Ein sengender Schauer läuft mir über das Rückgrat, kitzelt die Haare im Nacken, spannt meine Muskeln an und lässt mich schwer atmen.

"Kannst du mir deine Kamera leihen?" frage ich Pedro, der alles mit einem gewissen Desinteresse betrachtet, da er nicht genau weiß, warum ich so neugierig bin, fremde Menschen auszuspionieren, die sich diskret unterhalten und versuchen, sich zu verstecken.

Er übergibt mir das Gerät ohne viele Worte und runzelt die Stirn. Gleichzeitig ziele ich in die Richtung des Übeltäters und zoome monströs heran, nur um zu sehen, wie Mike dem schlanken, beleidigt dreinblickenden Fremden etwas in der Tasche zeigt und einen Teil des Inhalts herauszieht, so dass der Mann klarer sieht. Ich kann nicht identifizieren, was es ist, ich sehe Geld, einen großen Haufen und auch etwas anderes, aber das Sonnenlicht erzeugt eine Reflexion in dem Material und es ist schwierig, irgendetwas außer der quadratischen Form und der verformbaren Textur zu erkennen.

Die Pestmaske hängt immer noch da, schwankt mit den Bewegungen des Stellvertreters des Kapitäns, und ich kann mich der seltsamen Beklemmung nicht erwehren, die mich befällt. Ich habe diese Maske hier schon zu oft gesehen, und ich fange an zu glauben, dass Mike vielleicht in den ganzen Geld- und Drogenplan verwickelt ist.

"Hey, können wir schnell zurück auf das Schiff? Ich muss dringend auf die Toilette ..." sage ich zu Pedro, der an irgendetwas auf seinem Handy herumgefummelt hat, während er auf mich wartete, weil ich am Spionieren war. Wenn man es spionieren nennen kann.

"Hast du Angst vor Krabben und scharfem Essen, Jackson?", spielt er und ich mache ein paar Fotos mit meiner eigenen Handykamera, als ich noch näherkomme, und ich schaffe es, wenigstens ein paar komische Bewegungen des seltsamen Duos einzufangen, das ich beobachte. Ich danke Gott, als er mich nicht mit Fragen löchert, bin erleichtert, dass er so ein guter Kerl ist, immer in Frieden mit dem Leben und ruhig genug, um sich um seine eigenen Angelegenheiten zu kümmern.

Mit seiner schützenden Hand auf meinem Rücken führt mich Pedro zurück zum Schiff. Ich lehne mich an ihn, behalte aber die beiden Männer vor mir im Auge und mache noch diskretere Fotos von ihnen, als wir näherkommen und an ihrer Seite vorbeigehen, Mike mit dem Rücken zu mir.

Wir kommen ohne weiteres auf dem Schiff an und Pedro, der meine Handtasche trägt und mich fast im Brautstil ins Bad trug, sagt mir, dass er auf dem Deck auf mich warten wird. Ich nicke und sobald er außer Sichtweite ist, renne ich in die Richtung, in die der General Manager den fremden Mann geführt hat.

Ich folge allen möglichen Gängen, aber ich finde keine Spur von ihnen und nach fast zwanzig Minuten Jagd fällt mir Pedro ein, der arme Kerl muss in der Sonne auf dem Deck geschmolzen sein und auf mich gewartet haben.

Als ich in die andere Richtung gehe, kann ich auch niemanden finden. Unglaublich, wie die Angestellten dieses Schiffes nur dann auftauchen, wenn ich sie nicht brauche. Aber ich mache mir eine mentale Notiz, nach dem Mittagessen mit Pedro den Kapitän zu suchen, um ihm von meinen Feststellungen zu berichten und die Fotos zu zeigen.

Ich finde Pedro auf dem Deck und entschuldige mich tausendmal, was er mit seinem Zahnpasta-Werbelächeln und einem ruhigen und verständnisvollen Kuss abstreift.

Das Mittagessen war wirklich großartig, das Restaurant war charmant, sauber und das Essen war spektakulär, natürlich hat Pedro jetzt Millionen von Bildern von mir, wie ich mit Krabben bedeckt bin und mit dem toten Tier kämpfe, mit diesen kleinen Holzhämmern in der Hand. Der Nachtisch war ein klassischer Quesillo für mich und Pedro bestellte ein Arroz con Leche.

Wir spazierten am Strand entlang und kehrten zum Schiff zurück, nachdem wir einige Touristenattraktionen gesehen hatten.

Sobald ich mich von ihm verabschiedet habe, gehe ich zum Kapitän in seine Kabine und zu meinem Glück (oder eben auch nicht) ist der General Manager dort.

KAPITEL SECHS

"Mr. Bryan, ich habe Sie schon eine Weile nicht mehr gesehen", versuche ich, beiläufig zu klingen, aber ich bin mir nicht sicher, ob es funktioniert.

Mike dreht sich mit großen Augen zu mir um und scheint meinen verengten Blick nicht zu bemerken, während ich versuche, an seinem Verhalten irgendetwas abzulesen. Was schwierig ist, da er sich ja normalerweise so seltsam verhält.

"Miss Jackson ... wie geht es Ihnen? Ich sehe so schön aus wie immer." Sogar nervös schaut er an mir auf und ab, fast hungrig. Auch wenn er misstrauisch ist, ist der Typ ein Schwein.

"Mir geht es gut, ich suche den Kapitän, wissen Sie, wo er ist?" Es ist noch nicht zu spät, nehme ich an, also muss der Kapitän irgendwo auf diesem Schiff sein.

"Er ist auf die Toilette gegangen, ich bin gerade erst gekommen", sein Ton ist teilweise abwehrend, und ich verstehe nicht, warum er nervös ist, wenn er mir so einfache Informationen gibt.

"Ich werde warten." Er murmelt Dinge, die ich nicht verstehe, und ich lehne immer noch an der Wand und warte darauf, dass der Kapitän ein Lebenszeichen von sich gibt.

Es vergeht nicht viel Zeit und der General Manager entschuldigt sich, verlässt in seiner schlechten Art den Raum und lässt mich mit den Bildschirmen und Knöpfen allein. Ich erinnere mich an die Wasserflasche, die ich in der Hand hielt, und beginne, an der Flüssigkeit zu nippen, als ob dadurch die Zeit schneller vergehen würde. Ich könnte an meinem Handy herumspielen, aber sein Akku ist fast leer und ich will dem Kapitän noch die Bilder zeigen, die ich gemacht habe. Ein Handy beginnt auf der Tischoberfläche zu vibrieren und macht dieses surrende Geräusch, das mich die ersten fünf Male stört, bis ich beschließe, dass meine Neugierde siegt und ich nachsehe, wessen Gerät es ist.

Unter der Uhr auf dem Bildschirm befindet sich ein hässliches Foto von Mike Bryan in einem

Angleroutfit und sechs kleine Fenster mit ungelesenen Nachrichten, zwei von einer unbekannten Nummer und die anderen vier von einem Typen namens Scott.

Unbekannt: Sie haben noch mehr?

Unbekannt: Wenn dich niemand verdächtigt, warum holst du nicht den neuen Bestand ab, den sie aufgefüllt haben?

Scott: Ich habe das hier, aber es kostet mehr.

Scott: Kokain, aber es ist nicht rein.

Scott: Wie viel ist in der Bootskiste vorhanden?

Scott: Glaubst du, dass du mehr erreichen kannst als das?

Mein Kiefer bleibt auf meinem Knie stehen, während ein Kribbeln durch meinen Körper läuft. Die Tür öffnet sich, und ich lasse fast das Telefon fallen, so erschrocken bin ich. Es ist der Kapitän, der mich überrascht ansieht.

"Monica, was machst du-", fängt er an, aber ich, ohne die Kraft zu sprechen, hebe nur den

Bildschirm des Telefons zu ihm und er liest mit zusammengekniffenen Augen alles.

"Das ist das Telefon von Mike Bryan", stelle ich klar, und Charles sieht mich an, als würde der Boden in Flammen stehen. "Er war gerade hier, er ist gegangen, während ich auf dich gewartet habe, und hat es hier vergessen, es fing an, stark zu vibrieren, und ich konnte nicht anders, als nachzusehen."

"Das ist ... sehr seltsam, aber ... wie - ich habe nie ...", zum ersten Mal scheint der Kapitän nicht zu wissen, was er sagen soll, und ich mache ihm keinen Vorwurf. Jetzt macht alles Sinn, Mike Bryan, der Stellvertreter des Kapitäns, der Geschäftsführer ist verantwortlich für die Veruntreuung von Geld und den Diebstahl schwerer Medikamente.

Wie konnte ich das vorher nicht bemerken? Sicher, der Typ ist ein wandelnder Zombie, unhöflich und ein Perverser, aber ein Dieb und ein Drogendealer? Wieso eigentlich? Vor allem, wenn man einen stabilen Job wie diesen hat, in einer guten Firma und mit einem guten Gehalt. Nun, ich denke, am Ende ist er einfach ein gieriger und unmoralischer Wurm.

"Hören Sie", holte ich den Kapitän aus seinem Zustand der Erstarrung und der Wut heraus, "ich bin hierhergekommen, weil ich heute etwas Verdächtiges im Hafen von Caracas gesehen habe. Ich hatte schon einen Verdacht gegen Mike und vorhin, draußen im Hafen, hat er mit einem seltsamen Kerl gesprochen und ihm etwas gezeigt, das in einer Ledertasche war.

Ich zeige die Fotos, die ich von der Szene gemacht habe, und erzähle dem Kapitän alles, von dem Moment an, als ich ihn gesehen habe, bis zu dem Zeitpunkt, als ich ihn nicht mehr auf dem Schiff gesehen habe. Ich sagte, ich könne ihn nicht finden und ging daher zum Mittagessen - und dann, als der Kapitän noch etwas sagen will, kommt Mike selbst herein und setzt sich zu uns.

"Ich habe mein Handy vergessen - oh, gut, Captain, Miss Jackson hat auf Sie gewartet."

"Haben Sie die Pillen gestohlen, Mike? Und sind Sie verantwortlich für das ganze Geld, das ständig von den Schiffskonten verschwindet?" Ich weiß nicht einmal, warum ich frage, sein Blick bestätigt alles, vor allem, als er versucht, den Raum zu verlassen, ohne etwas zu sagen.

Zum Glück ist der Kapitän flink und verriegelt gleichzeitig die Tür. "Miss Jackson, rufen Sie bitte den Sicherheitsdienst."

Ich tue, was man mir sagt und nehme über die Sprechanlage in der Kapitänskabine Kontakt mit dem Sicherheitspersonal des Schiffes auf. Mike sagt nichts Brauchbares, er versucht nur mit "das ist ein Irrtum" und "nein, Kapitän ... sehen Sie" zu argumentieren, auch als Charles den Bildschirm mit Nachrichten und die Fotos auf meinem Handy zeigt. Der Stress ist so groß, dass ich spüre, wie meine Hände zittern und mein Körper immer heißer wird.

Nicht lange danach traf die Security ein und es brauchte nicht mehr als Nachrichten, Fotos und eine schnelle Durchsuchung in seinem Zimmer, um die ganze Wahrheit herauszufinden. Mein Gott, wenn man bedenkt, dass wir uns noch vor zwei Tagen gefragt haben, wer so dumm sein würde, Drogen und Geld von einem so gut überwachten Schiff wie diesem zu stehlen.

Jetzt weiß ich, dass es sehr wahrscheinlich ist, dass der Traum, den ich vor ein paar Nächten hatte, nicht nur ein Traum war.

Sie fanden heraus, dass Mike Geld vom Schiff abgezweigt hat, um an Häfen Drogen zu kaufen und weiterzuverkaufen. Er gestand er in der Haft, dass er noch drei weitere Lieferanten und Kontakte hatte, die ihm Drogen verkauften und von ihm Drogen wie Morphium und andere kauften.

Nun wird er auf dem Schiff in Gewahrsam genommen, bis eine Weisung eingetroffen ist, wie es weitergehen soll. Der alte Johnson freut sich über die Nachrichten, die ich ihm schicke, und ich nehme mir endlich die Nacht, um meinen Bericht zu beenden und den Rest der Kreuzfahrt genießen zu können...

KAPITEL SIEBEN

"Das hast du also wirklich gemacht, was?", fragt mich Pedro, kommt auf mich zu und setzt sich neben mich in den Sand.

Gestern Abend habe ich Arbeiten mit dem Kapitän abgeschlossen und alles Administrative erledigt. Eigentlich wäre mir am liebsten, dass Mike vom Schiff fällt und von Haien gefressen wird.

"Was - was getan?" Ich war so in meine Gedanken an Frieden vertieft, dass ich die Möglichkeit ignorierte, dass er wusste, was passiert war.

"Sei nicht so bescheiden, Gatinha, ich habe gehört, du hattest deine Finger bei dem Kerl, der von der Polizei in Handschellen gelegt wurde im Spiel." Ich schaue ihn mit einem verwirrten Gesicht an, und er versteht schnell: "Gestern Abend habe ich dich nirgendwo beim Abendessen gesehen, und dann ging die Geschichte auf dem Schiff herum, dass ein Angestellter seine illegalen Sachen auf dem Schiff machte. Sie sagten, sie hätten sein

Zimmer mit einigen Polizisten, dem Kapitän und einer sehr sexy blonden Frau durchsucht."

"Haben sie das gesagt?", frage ich scheinheilig nach.

"Okay, den Teil mit der sehr sexy Blondine habe ich hinzugefügt, aber mir ist eingefallen, dass du erwähnt hast, dass du Wirtschaftsprüferin bist, und da hat es sofort geklingelt."

Ich spreche mit Pedro über das, was passiert ist, und wir spazieren am Strand entlang, während wir den Fall besprechen, Seite an Seite, bis wir einen weniger belebten Teil erreichen, wo die Sonne bereits untergeht und das goldene Licht auf unsere Haut scheint und uns wärmt. Er hält meine Sachen, mein Handtuch, meine Sandalen und sogar meine Handtasche in einer Hand und verschränkte mit der freien Hand seine Finger mit meinen.

"Schade, dass wir morgen zurück nach New York fahren", sagte er mit einem verträumten Gesichtsausdruck.

"Ich hatte sehr viel Spaß mit dir, wusstest du das? Ich glaube, ich kann jetzt mehr Portugiesisch als meine eigene Sprache." Ich stupse ihn in den Arm. Schlechte Idee, sein Bizeps ist hart wie Stein.

Es war niemand in der Nähe, selbst am Ende des Tages an einem karibischen Strand, nur Kokospalmen und eine alte Holzhütte und hier und da ein paar große Felsen.

Pedro und ich redeten und liefen weiter, bis wir in die Nähe der Felsen kamen.

Ich weiß nicht, wie es anfängt, Pedro und ich sitzen auf meinem Handtuch und setzen eines unserer Gespräche fort, völlig bedeutungslos, aber immer noch tief genug, um eines Poesiealbums würdig zu sein.

"Ich mag es, dass du weißt, wie die Dinge wirklich funktionieren", sagt er. Ich fühle mich, als würde ich innerlich ohnmächtig werden.

Keine Antwort, ich küsse ihn einfach, ruhig, langsam und schmerzhaft.

"Ich mag es, dass du nicht gut mit Synonymen umgehen kannst und du mich brauchst, um dir Tipps zu geben."

"Versprichst du mir, dass du mir nicht schreibst? Damit ich dich nicht wie verrückt vermisse", sagt er in mein Ohr.

"Nur wenn du versprichst, nicht jedes Mal an mich zu denken, wenn du tanzt."

Er lacht, dieses köstliche Lachen von jemandem, der keine Probleme hat und den ich verstehen kann, und ich lache im Vibrato zurück, mit dem Glücksgefühl von jemandem, der gerade ein großes Problem gelöst hat und den Rest der Reise in Ruhe genießen kann.

ÜBER MARINA PETERS

Marina Peters arbeitet in Teilzeit als Audit Director für eines der weltweit großen Revisionsunternehmen. Sie mag Ihren Job, all die schönen Dinge im Leben – und das Schreiben. Sie liebt ihren Ehemann und ihre zwei Kinder.

Da Schreiben Marinas Leidenschaft ist, kombiniert sie alle Themen, in denen sie über Expertenwissen verfügt damit. Daraus sind einige Sachbücher und einige belletristische Werke entstanden; unter anderem Romane mit Revisorinnen und Revisoren als Hauptfiguren.

83

MARINA PETERS ONLINE

Marina ist auf vielen Online-Kanälen präsent:

Website: marinapetersbooks.com
Instagram: instagram.com/marinapetersbooks
Pinterest: pinterest.com/marinapetersbooks
Twitter: twitter.com/BooksMarina

Ebenfalls auf
LovelyBooks.de und GoodReads.com

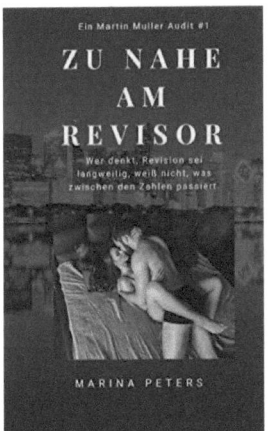

Zu nahe am Revisor

Martin Muller arbeitet als Audit Manager bei einer der grossen Wirtschafts-prüfungsgesellschaften. Bei einem neu zugewiesenen Revisionsauftrag ist er gefordert, sowohl die Anforderungen seines Chefs zu erfüllen als auch die Fristen einzuhalten. Und dann ist da noch die attraktive Mittvierzigerin, die CEO der kleinen Regionalbank, die er diese Woche prüft. Als sich die Tür des Tresorraums im Keller der Bank unerwartet schliesst und beide zusammen eingeschlossen sind, wird es dort unten heiss...

Auch verfügbar in Englisch:

A Steamy Steampunk Cruise
Under the hot Brazilian sun, waiting as the last in the queue for boarding the cruise ship to New York, Monica Jackson, is not at all delighted. Assigned as an auditor to this Steampunk-themed cruise, the journey is going to be more work than fun. But then another passenger is queuing up behind her. And when a deep, velveting voice from behind wishes her a "Bom dia" she turns around. Seeing the tall, strong, good-looking man, she starts to looking forward to a more promising and hotter cruise than she could ever have dreamed of.

How To Generate And Earn Royalty Income

Learn how to easily create a steady income stream from royalties.

Royalty Income might become the next big thing in investments due to its very low correlation with other asset classes.

Stocks may fall but people continue to listen to their favorite music.

Rare Gemstones And Unknown Precious Stones

Diamonds, Pearls and so on we know. But have you ever wondered what other great gems and precious stones exist apart from the ones we usually know? This book tells you more about them in an easy to follow way. You will also read some stories about famous stones and get some buying tips.

Recipes with Chocolate Bars and Other Candies

While auditing there are always some chocolate bars and a candy or two around (and coffee - always). Marina always thought that more must be possible to be made out of these. So she started to collect all the recipes she could find that are based on chocolate bars and other candies and put together this great book. Enjoy the recipes from the author of the "Martin Muller Audit" Series!

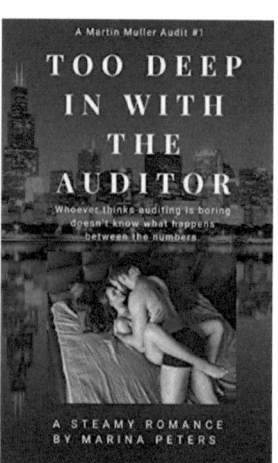

Too Deep In With The Auditor

Martin Muller is an Audit Manager working with one of the big auditing firms. On a newly assigned auditing engagement, he is challenged by fulfilling the demands of his boss as well as coping with deadlines. And then there is the attractive mid-forty female CEO of the small regional bank he is auditing this week. As the door of the vault of the bank closes unexpectedly and both of them are locked in it gets hot down there...

EINE LETZTE SACHE ...

Wenn Ihnen dieses Buch gefallen hat, wäre ich Ihnen sehr dankbar, wenn Sie eine kurze Rezension dort veröffentlichen würden, wo Sie dieses Buch gekauft haben. Ihre Unterstützung macht wirklich einen Unterschied, und ich lese alle Rezensionen persönlich, damit ich Ihr Feedback verarbeiten und meine Bücher noch besser machen kann.

Vielen Dank für Ihre Unterstützung!

Marina